# HENRI HELYNT
## A'R
# PEIRIANT AMSER
# ANFARWOL-HARDDERCHOG

Addasiad Siân Lewis

Lluniau gan Tony Ross

Cyhoeddwyd am y tro cyntaf ym Mhrydain yn 2005
gan Orion Children's Books
adran o The Orion Publishing Group Ltd
Orion House
5 Upper St Martin's Lane
London WC2H 9EA
dan y teitl *Horrid Henry and the Mega-Mean Time Machine*

Testun gwreiddiol © Francesca Simon 2005
Lluniau © Tony Ross 2005

Mae Francesca Simon a Tony Ross wedi datgan
eu hawl i gael eu cydnabod fel awdur ac arlunydd
y llyfr gwreiddiol.

Addasiad Cymraeg ⓗ Prifysgol Cymru Aberystwyth, 2007

Cyhoeddwyd gan Y Ganolfan Astudiaethau Addysg,
Aberystwyth (www.caa.aber.ac.uk).

Noddwyd gan Lywodraeth Cynulliad Cymru.

ISBN  978 1 8452

Golygwyd gan I
Dyluniwyd gan
Argraffwyd gan

# CYNNWYS

# 1

## HENRI HELYNT
### YN
## MYND AM DRO

Edrychodd Henri Helynt allan drwy'r ffenest. AAAAAAAAAAAA! Roedd hi'n ddiwrnod braf. Roedd yr haul yn disgleirio. Roedd yr adar yn canu. Roedd yr awel yn chwythu. Roedd cymylau bach gwlanog yn nofio yn yr awyr las, las.

Iych.

Ble oedd y glaw hyfryd? Y cesair? Neu'r eirlaw?

Unrhyw funud, unrhyw eiliad, byddai'n clywed...y geiriau erchyll, y geiriau doedd e ddim am eu clywed byth eto, y geiriau –

"Henri! Alun! Mae'n bryd i ni fynd am dro," galwodd Mam.

"Hwrê!" meddai Alun Angel. "Dw i'n mynd i wisgo fy welis melyn newydd!"

"NA!" sgrechiodd Henri Helynt.

Mynd am dro! Mynd am dro! Roedd e'n cerdded digon yn barod, yn doedd? Roedd e'n cerdded i'r ysgol. Roedd e'n cerdded adre o'r ysgol. Roedd e'n cerdded tuag at y teledu. Roedd e'n cerdded tuag at y cyfrifiadur. Roedd e'n cerdded tuag at y botel losin, a'r holl ffordd yn ôl i'r gadair ddu esmwyth.

Roedd Henri Helynt yn cerdded digon. Ychhh. Doedd e ddim eisiau rhagor o gerdded. Rhagor o siocled, iawn. Rhagor o greision, iawn. Rhagor o *gerdded*? Dim diolch! Pam o pam na fyddai ei rieni'n dweud, "Henri! Mae'n bryd i ti chwarae ar y cyfrifiadur"? Neu "Henri, stopia wneud dy waith cartre ar unwaith! Mae'n bryd i ti wylio'r teledu"?

Ond na. Am ryw reswm roedd ei rieni sbeitlyd, cas yn meddwl ei fod yn treulio gormod o amser yn eistedd i lawr yn y tŷ. Ers wythnosau roedden nhw wedi bod yn bygwth mynd ag e am dro. Nawr roedd y foment erchyll wedi cyrraedd. Roedd ei benwythnos hyfryd wedi'i ddifetha.

Roedd Henri Helynt yn casáu byd natur. Roedd Henri Helynt yn casáu awyr iach. Beth oedd yn fwy diflas na cherdded lan a lawr y strydoedd yn edrych ar bolion lamp? Neu gerdded ar draws rhyw hen barc dwl a slwtshlyd? Roedd byd natur yn drewi. Ychh! Roedd yn well gan Henri aros yn y tŷ i wylio'r teledu.

Stompiodd Mam i mewn i'r stafell fyw.

"Henri! Glywest ti fi'n galw?"

"Naddo," meddai Henri'n gelwyddog.

"Gwisga dy welis, a bant â ni," meddai Dad, gan rwbio'i ddwylo. "On'd yw hi'n ddiwrnod braf?"

"Dw i ddim eisiau mynd am dro," meddai Henri. "Dw i eisiau gwylio *Sblat Rap yn Sblatio'r Lladdwr Lloerig.*"

"Ond Henri," meddai Alun Angel, "mae awyr iach ac ymarfer corff mor dda i ti."

"Dim ots gen i!" sgrechiodd Henri.

Stompiodd Henri Helynt i lawr y grisiau a thaflu drws y ffrynt ar agor. Anadlodd yn ddwfn, hopian ar un droed, ac yna cau'r drws.

"Dyna ni! Wedi gorffen. Wedi cael awyr iach *ac* ymarfer corff," chwyrnodd Henri.

"Henri, dere nawr," meddai Mam. "I mewn â ti i'r car."

Moelodd Henri'i glustiau.

"Y car?" meddai Henri. "Mynd am dro ddwedest ti."

"Byddwn ni'n mynd am dro," meddai Mam. "Yn y wlad."

"Hwrê!" meddai Alun Angel. "Mynd am dro *hir*."

"NAAAA!" sgrechiodd Henri. Roedd cerdded mewn hen barc diflas, yn llawn o ddail wedi pydru, baw ci, a choed crebachlyd, yn ddigon drwg.

Ond o leia' doedd y parc ddim yn fawr iawn. Ond y *wlad*?

Roedd y wlad yn enfawr! Bydden nhw'n cerdded am oriau, dyddiau, wythnosau, misoedd, nes bod coesau Henri'n ddim byd ond bonion bach, a'i draed wedi cwympo ar y llawr. Ac roedd y wlad mor beryglus! Roedd Henri Helynt yn siŵr o gael ei lyncu'n fyw gan dywod gwyllt neu gael ei wasgu'n farw gan ieir mileinig.

"Dw i'n byw yn y ddinas!" sgrechiodd Henri. "Dw i ddim eisiau mynd i'r wlad!"

"Mae'n bryd i ti fynd allan fwy," meddai Dad.

"Ond edrycha ar y cymylau 'na," cwynodd Henri, gan bwyntio at bluen fach wen. "Byddwn ni'n wlyb sopen."

"Wnaeth diferyn o ddŵr ddim drwg i neb," meddai Mam.

Hy! Nhw fyddai'n difaru ar ôl i Henri farw o niwmonia.

"Dw i'n aros gartre a dyna'i diwedd hi!" sgrechiodd Henri.

"Henri, rwyt ti'n ein cadw ni i aros," meddai Mam.

"Hwrê," meddai Henri.

"Dw *i*'n barod, Mam," meddai Alun.

"Rwyt ti'n mynd i golli mwy a mwy o arian poced," meddai Dad. "Dw i'n cyfri. 5 ceiniog, 10 ceiniog, 15 ceiniog, 20 -"

Gwisgodd Henri Helynt ei welis, stompio allan drwy'r drws ac i mewn i'r car. Caeodd y drws â chlep enfawr. Roedd hyn mor annheg! Hwn fyddai'r tro cyntaf i *Sblat Rap* ymladd yn erbyn y *Lladdwr Lloerig* a byddai Henri'n colli'r cyfan. A dim ond er mwyn mynd am dro hir, diflas, blinedig ac erchyll yn y wlad. Roedd e wedi diflasu cymaint, doedd ganddo ddim nerth i gicio Alun.

"Allwn ni ddim mynd am dro rownd y sgwâr yn lle?" cwynodd Henri.

"N-A, na!" meddai Dad. "Rydyn ni'n mynd am dro hyfryd yn y wlad a dyna'i diwedd hi."

Suddodd Henri Helynt yn drist i'w sedd. O, fe fydden nhw'n difaru pan fyddai gafr yn ei lyncu'n fyw. Bw hw, ein bai ni am fynd am dro i le mor wyllt, byddai Mam yn gwichian.

Roedd Henri'n iawn. Dylen ni fod wedi gwrando ar Henri, byddai Dad yn crio. Alla i ddim byw heb Henri, byddai Alun yn sgrechian. Fydda i byth yn bwyta caws gafr eto. A nawr mae hi'n rhy hwyr, bydden nhw i gyd yn llefain gyda'i gilydd.

Fel'na dylai hi fod, meddyliodd Henri. Roedd hi'n bryd iddyn nhw ddysgu gwers.

Yn rhy fuan o lawer fe stopiodd Mam mewn maes parcio yn ymyl coedwig fach.

"Www," meddai Alun Angel. "Edrycha ar y coed hyfryd."

"Betia i ti fod blaidd-ddynion yn cuddio fanna," mwmiodd Henri.

"A gobeithio y byddan nhw'n dy fwyta *di*!"

"Mam!" gwichiodd Alun. "Mae Henri'n trio codi ofn arna i."

"Paid â bod yn gas, Henri," meddai Mam.

Edrychodd Henri Helynt o'i gwmpas. O'i flaen roedd gât yn arwain at gaeau diddiwedd gyda chloddiau bob ochr. Roedd llwybr mwdlyd yn troelli drwy'r coed ac ar draws y caeau. Roedd tŵr eglwys yn codi yn y pellter.

"Iawn, dw i wedi gweld y wlad,

adre â ni," meddai Henri.

Edrychodd Mam yn gas arno.

"Beth?" meddai Henri'n sur.

"Dewch i ni fwynhau'r diwrnod hyfryd 'ma," meddai Dad.

"Beth ydyn ni'n mynd i wneud 'te?" meddai Henri.

"Cerdded," meddai Dad.

"I ble?" meddai Henri.

"Dim ond cerdded," meddai Mam, "a mwynhau'r olygfa hyfryd."

Ochneidiodd Henri.

"Draw â ni at y llyn," meddai Dad, gan frasgamu i ffwrdd. "Dw i wedi dod â bara i fwydo'r hwyaid."

"Ond mae *Sblat Rap* yn dechrau mewn awr!"

"Twt twt," meddai Mam.

Aeth Mam, Dad, ac Alun drwy'r gât i mewn i'r cae. Dilynodd Henri Helynt mor araf ag y gallai.

"Aaaa, anadlwch yr awyr iach hyfryd," meddai Mam.

"Dylen ni wneud hyn yn fwy aml," meddai Dad.

Snwffiodd Henri.

Cododd arogl iychi dom da i'w ffroenau.

"Yyyyy, drewdod," meddai Henri. "Wyt ti wedi llenwi dy drowsus, Alun?"

"MAM!" sgrechiodd Alun. "Mae Henri'n dweud 'mod i'n drewi."

"Wnes i ddim!"

"Do!"

"Wnes i ddim, drewgi."

"WAAAAAAAAAA!" sgrechiodd Alun. "Dwed wrtho am stopio!"

"Paid â bod yn gas, Henri!" sgrechiodd Mam. Atseiniodd ei llais dros y wlad. Aeth dyn a'i gi heibio ac edrych arni'n gas.

"Alun, p'un fyddet ti'n hoffi orau, rhedeg at y llyn, neidio dros y bryn, neu fwyta cacen y cae?" meddai Henri'n annwyl.

"Www," meddai Alun. "Dw i'n hoffi cacennau. A dw i'n siŵr bod cacen y cae hyd yn oed yn fwy blasus na chacen y ddinas."

"Ha ha," chwarddodd Henri Helynt, gan dynnu ei dafod ar Alun. "Fe dwylles i ti. Cacen o ddom da yw cacen y cae. Mae Alun eisiau bwyta dom!"

17

"MAM!" sgrechiodd Alun.

Cerddodd Henri.

A cherdded.

A cherdded.

Aeth ei goesau i deimlo'n drymach, a thrymach, a thrymach.

"Mae mwd ar y cae," cwynodd Henri.

"Dw i wedi diflasu," grwgnachodd Henri.

"Mae 'nhraed i'n dost," nadodd Henri.

"Allwn ni ddim mynd adre? Rydyn ni wedi cerdded am filltiroedd yn barod," swniodd Henri.

"Rydyn ni wedi cerdded am ddeg munud," meddai Dad.

"Plîs gawn ni fynd am dro'n fwy aml?" meddai Alun Angel. "O, edrychwch ar y mê-mês bach gwlanog!"

Ymosododd Henri Helynt. Roedd e wedi troi'n sombi oedd yn cnoi pen plentyn anlwcus.

"AAAAIIIIII!" sgrechiodd Alun.

"Henri!" sgrechiodd Mam.

"Stopia hi!" sgrechiodd Dad. "Neu dim teledu am wythnos."

Pan fydda i'n frenin, meddyliodd Henri Helynt, bydd rhieni sy'n llusgo'u plant allan am dro yn cael eu gadael yn droednoeth mewn anialwch yn llawn o sgorpionau.

Ymlaen.

Ac ymlaen.

Ac ymlaen.

Llusgodd Henri Helynt ei draed. Falle byddai ei rieni sbeitlyd, cas yn blino disgwyl amdano ac yn troi'n ôl, meddyliodd, gan gicio hen ddail brown.

Slwtsh.

Slwtsh.

Slwtsh.

O na, nid cae mwdlyd *arall.*

Ac yna'n sydyn fe gafodd Henri Helynt syniad. Pam nad oedd e wedi meddwl amdano cyn hyn? Roedd gormod o awyr iach yn pydru'i ymennydd. Cynta'n y byd y bydden nhw'n cyrraedd y llyn dwl, cynta'n y byd y bydden nhw'n mynd adre i weld *Sblat Rap yn Sblatio'r Lladdwr Lloerig.*

"Dewch mla'n. Dewch i redeg, bawb!" sgrechiodd Henri. "Am y cynta i lawr y rhiw i'r llyn!"

"Dyna welliant, Henri," meddai Dad.

Rhedodd Henri Helynt heibio i Dad.

"AW!" sgrechiodd Dad, a disgyn i ganol y danadl poethion.

Gwibiodd Henri Helynt heibio i Mam.

"Wwwww!" sgrechiodd Mam, a llithro ar y dom da.

Sblat!

Gwthiodd Henri Alun o'i ffordd.

"Waaa!" llefodd Alun. "Mae fy welis i'n frwnt nawr."

Rhedodd Henri Helynt i lawr y llwybr mwdlyd.

"Aros Henri!" gwichiodd Mam. "Mae'n rhy llith- aaaaaiiiiiiiii!"

Llithrodd Mam i lawr y llwybr ar ei phen-ôl.

"Ara bach!" pwffiodd Dad.

"Alla i ddim rhedeg mor gyflym â ti," llefodd Alun.

Ond rhuthrodd Henri Helynt yn ei flaen.

"Fe dorrwn ni ar draws y cae!" gwaeddodd. "Dewch mla'n, y malwod!" Cododd yr un fuwch ddu a gwyn oedd yn pori yng nghanol y cae ei phen.

"Henri!" gwaeddodd Dad.

Dal i redeg wnaeth Henri Helynt.

"Dw i ddim yn meddwl mai buwch yw honna!" gwaeddodd Mam.

Plygodd y fuwch ei phen ac ymosod.

"Tarw yw e!" llefodd Mam a Dad. "RHEDWCH!"

"Dwedes i fod y wlad yn beryglus!" gwichiodd Henri, wrth i bawb ddringo dros y gamfa a dianc o drwch blewyn. "Edrychwch, 'co'r llyn," ychwanegodd, gan bwyntio ato.

Rhedodd Henri i lawr i ymyl y dŵr. Dilynodd Alun. Roedd y gorlan yn ffurfio pigyn cul. Sleifiodd Alun heibio i Henri, a bachu'r lle gorau, yn ymyl y dŵr lle'r oedd yr hwyaid yn heidio.

"Hei, symuda o'r ffordd," meddai Henri.

"Dw i eisiau bwydo'r hwyaid," meddai Alun.

"Dw *i* eisiau bwydo'r hwyaid," meddai Henri. "Nawr symuda."

"Fi oedd yma gynta," meddai Alun.

"Ond fi sy 'ma nawr," meddai Henri.

Gwthiodd Henri Helynt ei frawd.

"Allan o'r ffordd, y mwydyn!"

Gwthiodd Alun Angel e'n ôl.

"Paid â 'ngalw i'n fwydyn!"

Siglodd Henri.

Siglodd Alun.

Sblash!
Cwympodd Alun i'r llyn.
Sblosh!
Cwympodd Henri i'r llyn.
"Fy mhlantos bach i!" sgrechiodd
Mam, a neidio i mewn ar eu holau.

"Fy - glyg glyg glyg!" sgrechiodd
Dad, gan neidio i'r dŵr mwdlyd ar ôl
Mam.
"Fy welis newydd i!" tagodd Alun
Angel.

Bang!

Paw!

Chwifiodd y *Lladdwr Lloerig* ei gleddyf ac ymosod ar *Sblat Rap*.

Chwiiip!

Ymosododd *Sblat Rap* yn ôl.

"Dere Rapi!" sgrechiodd Henri, oedd wedi'i lapio mewn blancedi ar y soffa. Ar ôl i bawb ddringo allan o'r llyn, roedd Mam a Dad wedi mynnu mynd adre cyn gynted â phosib.

"Byddwn ni'n mynd i'r parc y tro nesa," mwmiodd Dad, a thisian.

"Yn bendant," meddai Mam, a pheswch.

"O, pam?" meddai Henri Helynt yn llon. "Wnaeth diferyn o ddŵr ddim drwg i neb."

# HENRI HELYNT YN MYND AM DRO

# 2

# HENRi HELYNT
## A'R
# PEiRiANT AMSER
# HA-HARDDERCHOG

Gwasgodd Henri Helynt y switsh. Chwyrnodd y peiriant amser. Trodd y deialau. Fflachiodd y botymau. Clôdd y cloeon. Roedd Peiriant Amser Henri Helynt yn barod i godi i'r awyr.

Nawr, ble i fynd, ble i fynd?

Deinosoriaid, meddyliodd Henri. Ie! Roedd Henri'n dwlu ar ddeinosoriaid. Dyna braf fyddai hela *Tyrannosaurus Rex* neu ddau yn y jyngl cyntefig.

Ond beth am y Brenin Arthur a

Marchogion y Ford Gron? Byddai'r Brenin Arthur yn dweud "Cwyd, Syr Henri," a chicio Lawnslot allan o'i gadair. A byddai Henri'n dweud, "Ocê, Frenin," a chwifio'i gleddyf. "Allan o'm ffordd i, fwydod!"

Neu beth am ymosod ar Gaerdroea – a Henri'r Arwr yn rhuthro o gwmpas yn gwneud pob math o gampau dewr?

Syniad da, meddyliodd Henri. Syniad da iawn.

Arhoswch funud, beth am deithio i'r dyfodol, lle'r oedd pob ysgol wedi'i chau am byth a rhieni'n gorfod ufuddhau i'w plant? Lle'r oedd gan bawb roced yr un ac roedd pawb yn bwyta losin i ginio. A lle'r oedd Henri'r Brenin Creulon yn rheoli pawb, ac yn torri pen pwy bynnag oedd yn gwrthod gwrando arno.

I'r dyfodol, meddyliodd Henri, gan droi'r deial.

Bang! Paw!

Daliodd Henri ei wynt a disgwyl am y cryndod mawr fyddai'n ei hyrddio i'r gofod pell – 10, 9, 8, 7, 6 –

"Henri, fy nhro i yw hi."

Clywodd Henri'r *alien* yn cwyno ond chymerodd e ddim sylw – 5,4,3 –

"Henri! Os wyt ti'n pallu rhannu, bydda i'n dweud wrth Mam."

AAAAAAAAAAAAAAAAAAAAAAAA. Herciodd y Peiriant Amser i stop. Dringodd Henri allan.

"Cer i ffwrdd, Alun," meddai Henri. "Rwyt ti'n difetha popeth."

"Ond fy nhro i yw hi."

"CER I FFWRDD!"

"Dwedodd Mam ein bod ni'n *dau*'n cael chwarae â'r bocs," meddai

Alun. "Gallen ni dorri ffenestri yn yr ochrau, gwneud tŷ bach, peintio blodau -"

"NA!" sgrechiodd Henri.

"Ond…" meddai Alun. Roedd e'n sefyll yn y stafell fyw, gyda'i siswrn a'i greons yn ei law.

"Paid ti â chyffwrdd â 'mocs i!" hisiodd Henri.

"Pam lai?" meddai Alun. "Nid ti biau'r bocs." Does gan Henri ddim hawl i ddweud wrtha i beth i'w wneud, meddyliodd Alun. Roedd e wedi bod yn disgwyl a disgwyl am ei dro. Wel, doedd e ddim yn mynd i ddisgwyl rhagor. Roedd e'n mynd i ddechrau torri ffenest ar unwaith.

Cododd Alun ei siswrn.

"Stop! Peiriant amser yw e, y llyffant twp!" sgrechiodd Henri.

Oedodd Alun.

Llyncodd Alun.

Syllodd Alun ar y bocs cardbord enfawr. Peiriant amser? *Peiriant amser?* Sut gallai hwn fod yn beiriant amser?

"Nage," meddai Alun.

"Ie," meddai Henri.

"Ond bocs cardbord yw e," meddai Alun. "Y bocs oedd yn dal y peiriant golchi."

Ochneidiodd Henri.

"Dwyt ti'n deall dim. Petai e'n *edrych* fel peiriant amser, byddai pawb yn trio'i ddwyn e. Peiriant amser sy'n *esgus* bod yn focs yw e."

Edrychodd Alun ar y peiriant amser. Ar y naill law doedd e ddim yn credu gair. Henri oedd yn chwarae tric eto. Roedd Alun yn siŵr - can miliwn biliwn y cant yn siŵr – fod Henri'n dweud celwydd.

Ar y llaw arall, beth os *oedd* Henri'n dweud y gwir am unwaith? Beth os oedd yna beiriant amser go iawn yn ei stafell fyw e?

"Os *mai* peiriant amser yw e, dw i eisiau mynd am drip," meddai Alun.

"Alli di ddim. Rwyt ti'n rhy ifanc," meddai Henri.

"Dw i ddim."

"Wyt."

Pwdodd Alun Angel.

"Dw i ddim yn dy gredu di ta beth."

Roedd Henri Helynt o'i go.

"Ocê, fe ddangosa i i ti. Dw i'n mynd i'r dyfodol nawr y funud hon. Sefyll yn ôl. Paid â symud."

Neidiodd Henri Helynt i mewn i'r bocs a chau'r clawr. Dechreuodd y Peiriant Amser grynu ac ysgwyd.

Yna roedd e'n llonydd am amser hir, hir.

Doedd Alun Angel ddim yn gwybod beth i'w wneud. Beth os oedd Henri wedi mynd - am byth? Beth os oedd e yn y dyfodol ac yn methu dod yn ôl?

Gallwn i gael ei stafell e, meddyliodd Alun. Gallwn i wylio beth bynnag dw i eisiau ar y teledu. Gallwn i –

Yn sydyn disgynnodd y bocs ar ei ochr a daeth Henri allan a'i goesau'n gwegian.

"Bl-bl- ble ydw i?" llefodd, a disgyn yn swp ar lawr.

Syllodd Alun ar Henri.

Syllodd Henri'n wyllt ar Alun.

"Dw i wedi bod i'r dyfodol!" gwichiodd Henri, a'i anadl yn dynn. "Roedd e'n rhyfeddol. Waw. Fe gwrddais i â'm gor-gor-gor-ŵyr. Mae e'n dal i fyw yn y tŷ hwn. Roedd e'n edrych yn debyg iawn i fi."

"Mae e'n hyll iawn 'te," mwmiodd Alun.

"Beth – ddwedest – ti?" hisiodd Henri.

"Dim," meddai Alun ar ras. Doedd e ddim yn gwybod beth i feddwl. "Ife tric yw e, Henri?"

"Am gwestiwn twp," meddai Henri.

"Chei di ddim mynd am drip nawr."

"Galla i fynd os dw i eisiau," meddai Alun.

"Paid ti â mynd yn agos at fy mheiriant amser i," meddai Henri. "Un cam gwag, ac fe gei di dy chwythu i'r dyfodol."

Cerddodd Alun gam neu ddau tuag at y peiriant amser. Yna fe stopiodd.

"Beth sy'n digwydd yn y dyfodol?"

"Mae bechgyn yn gwisgo ffrogiau," meddai Henri Helynt. "A lipstic. Mae pobl yn siarad iaith Ygg. Dw i'n siŵr y byddet *ti*'n hoffi byw yn y dyfodol. Dim ond llysiau maen nhw'n bwyta."

"Wir?"

"Ac mae'r plant yn cael llwyth o waith cartre."

Roedd Alun Angel yn dwlu ar waith cartre.

"Oooo." Roedd *raid* i Alun weld

hyn. Rhag ofn bod Henri yn dweud y gwir.

"Dw i'n mynd i'r dyfodol. Alli di ddim fy stopio i," meddai Alun.

"Cer di," meddai Henri. Yna fe snwffiodd. "Alli di ddim mynd fel'na."

"Pam lai?" meddai Alun.

"Bydd pawb yn chwerthin am dy ben."

Roedd Alun Angel yn casáu gweld

pobl yn chwerthin am ei ben.

"Pam?"

"Achos byddan nhw'n meddwl dy fod ti'n edrych yn od. Wyt ti'n siŵr dy fod ti eisiau mynd i'r dyfodol?"

"Ydw," meddai Alun.

"Wyt ti'n siŵr dy fod ti'n siŵr?"

"YDW," meddai Alun.

"Fe helpa i ti i baratoi 'te," meddai Henri'n ddifrifol.

"Diolch yn fawr, Henri," meddai Alun. Falle'i fod e wedi gwneud cam â Henri. Falle bod Henri wedi troi'n frawd caredig ar ôl teithio i'r gofod.

Rhedodd Henri Helynt allan o'r stafell.

Teimlodd Alun Angel ias fach o gyffro. Y dyfodol. Beth os oedd Henri'n dweud y gwir?

Daeth Henri Helynt yn ei ôl gyda basged fawr. Tynnodd allan hen ffrog goch oedd yn perthyn i Mam, lipstic, a diod ddu ewynnog.

"Dere. Gwisga hon," meddai Henri.

Gwisgodd Alun Angel y ffrog. Roedd hi'n llusgo ar y llawr.

"Nawr, gyda thipyn bach o lipstic," meddai Henri gan roi smotiau mawr coch dros wyneb Alun, "fe fyddi di'n edrych fel pawb arall. Perffaith," meddai, gan gamu'n ôl i edmygu ei waith. "Rwyt ti'n edrych yn union fel bachgen o'r dyfodol."

"Ocê," meddai Alun Angel.

"Nawr gwranda'n ofalus," meddai Henri. "Pan gyrhaeddi di, fyddi di ddim yn gallu siarad yr iaith, nes i ti yfed y ddiod bibl babl. Cer â hi gyda ti a'i hyfed ar ôl i ti gyrraedd."

Estynnodd Henri'r ddiod ddu ewynnog o'r Cit Diodydd Ffiaidd. Cymerodd Alun hi.

"Nawr fe alli di fynd i mewn i'r peiriant amser."

Ufuddhaodd Alun. Roedd ei galon yn curo'n wyllt.

"Paid â dod allan nes bod y peiriant yn hollol lonydd. Yna bydd rhaid i ti gyfri i ddau ddeg pump, ac agor y clawr yn ara bach bach. Dwyt ti ddim eisiau i ddarn ohonot ti fod yn y drydedd ganrif ar hugain, a'r gweddill fan hyn yn yr unfed ganrif ar hugain. Pob lwc."

Trodd Henri'r bocs rownd a rownd a rownd. Dechreuodd pen Alun droi. Tasgodd y ddiod dros y llawr.

Yna aeth popeth yn llonydd.

Roedd pen Alun yn chwyrlïo. Cyfrifodd i ddau ddeg pump a chripian allan.

Roedd e mewn stafell tŷ oedd yn edrych yn union fel ei dŷ e. Roedd bachgen mewn gŵn gwisgo yn sefyll o'i flaen. Roedd teimlyddion arian yn ysgwyd ar ben y bachgen a streipiau glas ar ei wyneb.

"Ygg?" meddai'r bachgen rhyfedd.

"Henri?" meddai Alun.

"Ygg ygg blich bli blwp," meddai'r bachgen.

"Ygg ygg," meddai Alun yn ansicr.

"Ygg ygg yfed yggg," meddai'r bachgen, gan bwyntio at y ddiod bibl babl.

Yfodd Alun y diferyn neu ddau oedd ar ôl.

"Sog ydw i," meddai Sog. "Pwy wyt ti?"

"Alun ydw i," meddai Alun.

"Aaaaa! Croeso! Rhaid mai ti yw fy hen-hen-hen-wncwl Alun. Fe soniodd Henri dy frawd annwyl amdanat ti, pan ddaeth e yma ar ymweliad o'r gorffennol."

"O, beth ddwedodd e?" meddai Alun.

"Dy fod ti'n llyffant salw."

"Dw i ddim," meddai Alun. "Aros

funud," ychwanegodd yn amheus. "Dwedodd Henri fod bechgyn yn gwisgo ffrogiau yn y dyfodol."

"Ydyn," meddai Sog yn gyflym. "Merch ydw i."

"O," meddai Alun. Daliodd ei anadl yn syn. Fyddai Henri byth *byth* yn dweud ei fod e'n ferch. Dim hyd yn oed pe bai rhywun yn ymosod arno gyda phoceri poeth. Tybed felly…

Edrychodd Alun o'i gwmpas. "Mae hon yn union run fath â'm stafell fyw i."

Snwffiodd Sog.

"Wrth gwrs ei bod hi, Wncwl Al. Hon yw Amgueddfa Alun. Rwyt ti'n enwog iawn yn y dyfodol. Felly rydyn ni wedi cadw popeth yn union fel roedden nhw."

Gwenodd Alun. Roedd e'n enwog

yn y dyfodol. Doedd hynny'n ddim syndod. Amgueddfa Alun! Allai e ddim aros i ddweud wrth Gerwyn Glân a Tudur Taclus.

Dim ond un cwestiwn arall oedd ganddo.

"Beth am Henri?" gofynnodd. "Ydy e'n enwog hefyd?"

"Na," meddai Sog ar unwaith. "Mae pawb yn ei alw fe'n Betingalw, brawd mawr Alun."

Aaa. Gwenodd Alun a chwyddo'n falch. O'r diwedd roedd Henri wedi suddo i'r gwaelod. Dyna brawf pendant. Roedd e wedi teithio i'r dyfodol!

Edrychodd Alun allan drwy'r ffenest. Dyna ryfedd. Doedd y dyfodol ddim yn edrych yn wahanol iawn i'w gyfnod e.

Pwyntiodd Sog.

"Soseri gofod," meddai.

Syllodd Alun. Roedd y soseri gofod yn edrych yn union fel ceir.

"Ond dydyn nhw ddim yn hedfan," meddai Alun.

"Dim ond yn y nos maen nhw'n hedfan," meddai Sog. "Galli di'u gyrru nhw neu eu hedfan nhw."

"Waw," meddai Alun.

"Does gennych chi ddim soseri gofod 'te?"

"Na," meddai Alun. "Ceir."

"Wyddwn i ddim fod gennych chi geir yn yr hen amser," meddai Sog. "Oes gennych chi blitscatrons a snaprapwyr?"

"Nagoes," meddai Alun. "Beth -"
Caeodd y drws ffrynt â chlep.
Cerddodd Mam i mewn. Syllodd hi ar
Alun.

"Beth ar y ddaear…"

"Paid ag ofni," meddai Alun. "Alun
ydw i. Dw i'n dod o'r gorffennol. Fi
yw dy hen-hen-hen-dadcu."

Edrychodd Mam ar Alun.

Edrychodd Alun ar Mam.

"Pam wyt ti'n gwisgo fy ffrog i?"
meddai Mam.

"Nid dy ffrog *di* yw hi, sili,"

meddai Alun. "Ffrog Mam oedd hi."

"Dw i'n gweld," meddai Mam.

"Dere mla'n, Wncwl Al," meddai Sog yn gyflym, gan gydio'n dynn ym mraich Alun. "Fe ddangosa i'r hamog siwpyrsonig yn yr ardd i ti."

"Ocê, Sog," meddai Alun yn hapus.

Gwenodd Mam.

"Dw i mor falch dy fod ti'n chwarae'n hapus gyda dy frawd, Henri."

Safodd Alun yn stond.

"Beth alwest ti fe?"

"Henri," meddai Mam.

Teimlodd Alun ias oer.

"Nid Sog yw ei enw fe 'te? Ac nid merch yw e?"

"Nid merch oedd e y tro diwetha edryches i," meddai Mam.

"Ac nid…Amgueddfa Alun yw'r tŷ 'ma?"

Syllodd Mam yn gas ar Henri.
"Henri! Wyt ti wedi bod yn pryfocio
Alun eto?"

"Ha ha, twylles i ti!" sgrechiodd
Henri. "Na na ni na na. Aros i fi gael
dweud wrth bawb."

"NA!" gwichiodd Alun. "NAAAA."
Sut *yn y byd* oedd e wedi credu ei
frawd cas?

"Henri! Y bachgen cas â ti! Cer i dy
stafell! Dim teledu am weddill y

diwrnod," meddai Mam.

Ond doedd dim ots gan Henri Helynt. Fyddai neb byth yn anghofio Tric y Peiriant Amser Ha-Hardderchog. Hwn oedd y tric gorau erioed.

# 3

## ALUN ANGEL YN DIAL

Roedd Alun Angel wedi cael digon. Pam, o pam, oedd e wastad yn llyncu triciau Henri?

Bob tro roedd hynny'n digwydd, roedd e'n taeru na fyddai byth, byth yn cael ei dwyllo eto. Ond wedyn roedd e'n llyncu'r tric nesa'! Sut *yn y byd* oedd e wedi credu bod tylwyth teg ar waelod yr ardd? Neu fod yna fwystfil o'r enw Dantgrensiwr? Ond y peiriant amser oedd y gwaetha' o'r cyfan. Y gwaetha' o bell ffordd. Roedd pawb wedi gwneud hwyl am ei ben. Roedd hyd yn oed Gordon Gofalus wedi gofyn a oedd e wedi gweld soseri gofod yn ddiweddar.

Wel, byth eto. Roedd ei frawd cas a sbeitlyd wedi'i dwyllo am y tro ola'.

Dw i'n mynd i ddial, meddyliodd Alun Angel, gan ludo'r stamp anifeiliaid olaf un yn ei albwm. Bydd Henri'n difaru ei fod e mor gas tuag ata i.

Ond pa dric cas a sbeitlyd allai e chwarae ar Henri? Doedd Alun erioed wedi trio dial ar unrhyw un.

Gofynnodd i Tudur Taclus.

"Gwneud llanast yn ei stafell e," meddai Tudur.

Ond roedd llanast yn stafell Henri'n barod.

Gofynnodd i Gerwyn Glân.

"Rhoi staen sbageti ar ei grys e," meddai Gerwyn.

Ond roedd staeniau ar grysau Henri'n barod.

Cododd Alun gopi o'i hoff gylchgrawn, *Y Bachgen Gorau*. Falle byddai hwnnw'n sôn am y ffordd orau i ddial. Edrychodd ar y rhestr gynnwys:

- **YDY DY STAFELL WELY DI MOR DACLUS AG Y GALL HI FOD?**
- **DEG FFORDD I BLESIO DY RIENI**
- **SUT I ROI SGLEIN AR DY GWPANAU ARIAN**
- **PAM MAE GWNEUD DY WELY YN DDA I TI**
- **EIN DARLLENWYR YN SÔN AM EU HOFF WAITH TŶ**

Yn ara' bach caeodd Alun *Y Bachgen Gorau*. Rywsut doedd e ddim yn meddwl y câi e'r ateb fan'ny. Roedd e ar ei ben ei hun.

Fe ddweda i wrth Mam fod Henri'n bwyta losin yn ei stafell wely, meddyliodd Alun. Wedyn fe fydd

Henri mewn helynt. Helynt enfawr.

Ond roedd Henri mewn helynt drwy'r amser. Fyddai hynny ddim gwahanol i'r arfer.

Dw i'n gwybod, meddyliodd Alun, fe guddia i Mr Lladd. Allai Henri ddim cysgu heb Mr Lladd – er na fyddai byth yn cyfaddef hynny. Ond os na fyddai Henri'n cysgu, be' wedyn? Byddai'n dod i neidio ar ben Alun neu'n cripian lawr staer i wylio ffilmiau iasoer.

Rhaid i fi feddwl am rywbeth cas iawn, iawn, meddyliodd Alun. Roedd hi'n anodd i Alun feddwl am bethau cas, ond roedd e'n benderfynol o wneud ei orau glas.

Gallai alw enw cas ar Henri – Llyffant Hyll neu Wyneb Pw Pw. *Dyna* wers i Henri.

Ond os gwna i hynny, bydd Henri'n

fy mhwnio i, meddyliodd Alun.

Arhoswch funud, gallai ddweud wrth bawb yn yr ysgol fod Henri'n gwisgo cewyn. Henri'r cewyn mawr. Henri'r cewyn drewllyd. Henri, wyneb cewyn. Henri, trowsus pw. Gwenodd Alun yn hapus. Dyna ffordd ardderchog o ddial.

Yna fe ddiflannodd y wên. Yn anffodus, fyddai neb yn yr ysgol yn credu bod Henri'n dal i wisgo cewyn. Yn waeth byth, falle bydden nhw'n credu bod Alun yn dal i wneud. Iiich.

Dw i'n gwybod, meddyliodd Alun. Fe ro i frigyn mwdlyd yng ngwely Henri. Roedd Alun newydd ddarllen stori wych am frawd bach oedd wedi gwneud hynny i'w frawd mawr cas.

Dyna wers i Henri.

Ond a fyddai brigyn mwdlyd yn ddigon i ddial ar Henri am ei holl gampau drwg?

Na fyddai.

Dw i'n rhoi'r gorau iddi, meddyliodd Alun gydag ochenaid fawr. Roedd hi'n anobeithiol. Allai e ddim meddwl am rywbeth digon cas.

Eisteddodd Alun ar ei wely taclus iawn ac agor ei gylchgrawn, *Y Bachgen Gorau.*

**DWED WRTH MAM GYMAINT WYT TI'N EI CHARU HI!**

sgrechiodd y pennawd.

Ac yna fe gripiodd syniad ofnadwy i'w ben. Roedd e mor ofnadwy, ac mor sbeitlyd, allai Alun Angel ddim credu ei fod wedi meddwl am y fath beth.

"Na," gwichiodd. "Alla i ddim." Roedd e'n rhy ffiaidd.

Ond...ond...dyna beth oedd e eisiau, ontyfe? Dial yn gas ar frawd cas?

"Paid â gwneud y fath beth," meddai Alun yr angel.

"Gwna fe!" mynnodd Alun y diafol, a oedd yn falch iawn o'r cyfle i siarad. "Gwna fe, Alun! Mae Henri'n ei haeddu."

YDY! meddyliodd Alun. Roedd e'n mynd i ddal ati. Roedd e'n mynd i ddial!

Eisteddodd Alun Angel i lawr o flaen ei gyfrifiadur.

Tap tap tap.

**Annwyl Bethan,**
  **Dw i'n dy garu di. Wnei di fy mhriodi i?**

Printiodd Alun y nodyn yn ofalus ac yna ychwanegu mewn sgrifen anniben:

HENRI

Dyna ni! meddyliodd Alun yn falch. Mae hwnna'n edrych yn union fel

sgrifen Henri. Plygodd y nodyn, cripian i'r ardd, dringo dros y wal, a gadael y nodyn ar y ford ym mhabell Clwb Dirgel Bethan Bigog.

"Wrth gwrs bod Henri'n fy ngharu i," meddai Bethan Bigog, gan dwtio'i gwallt. "All e ddim help. Mae pawb yn fy ngharu i, achos dw i mor annwyl."

"Dwyt ti ddim," meddai Sara Sur. "Rwyt ti'n bigog. Ac yn sbeitlyd."

"Dw i ddim!"

"Wyt!"

"Dw i ddim. Ti sy'n genfigennus achos fyddai neb *byth* eisiau dy briodi di," meddai Bethan yn swta.

"Dw i ddim yn genfigennus. Ta beth, *fi* yw'r un mae Henri'n hoffi orau," meddai Sara, gan chwifio darn o bapur wedi'i blygu.

"Pwy ddwedodd?"

"Henri ddwedodd."

Cipiodd Bethan y papur o law Sara, a darllen:

I SARA BERT

O SARA SUR,
SY'N WERTH Y BYD,
RWYT TI'N AROGLI'N NEIS
FEL SIAMPŴ DRUD.

Snwffiodd Bethan. "Fel llwyth o pw, ti'n meddwl."

"Dw i ddim," sgrechiodd Sara.

"Jôc yw hwn, ontyfe?" hisiodd Bethan Bigog, gan wasgu'r pennill yn bêl.

Roedd Sara Sur o'i cho.

"Nage. Roedd e'n disgwyl amdana i ar ford y Clwb. Ti sy'n genfigennus, achos wnaeth Henri ddim sgrifennu pennill i *ti*."

"Hy!" meddai Bethan. Wel, roedd hi'n mynd i ddysgu gwers i Henri. Doedd neb yn gwneud hwyl am ei phen hi.

Gafaelodd Bethan mewn beiro a sgriblan ateb i nodyn Henri.

"Cer â hwn i Henri a dere'n ôl ag adroddiad i fi'n syth," gorchmynnodd. "Dw i'n mynd i aros am Donna a Heledd fan hyn."

"Cer ag e dy hunan," meddai Sara'n sur. Pam, o pam oedd hi'n ffrindiau â chreadur mor sbeitlyd, pigog a chenfigennus?

Roedd Henri Helynt yng Nghaer y Llaw Biws yn cynllwynio sut i ddifa'r Clwb Dirgel ac yn bwyta bisgedi, pan ddaeth aelod o'r gelyn i mewn drwy'r fynedfa.

"Gwyliwr!" sgrechiodd Henri.

Ond doedd dim sôn am yr hen fwydyn drewllyd yn unman.

Atgoffodd Henri ei hun i roi'r sac i Alun ar unwaith.

"Stop! Pwy sy'n dod ffor' hyn?"

"Mae gen i neges bwysig," meddai'r Gelyn.

"Brysia," meddai Henri. "Dw i'n brysur."

Cripiodd Sara o dan y canghennau.

"Wyt ti'n hoffi fy siampŵ i, wir, Henri?" gofynnodd.

Syllodd Henri ar Sara. Roedd gwên afiach ar ei hwyneb, fel petai ei bola hi'n dost.

"Y?" meddai Henri.

"Ti'n cofio, y *siampŵ*," meddai Sara, a giglan.

Oedd Sara wedi mynd yn wallgo o'r diwedd?

"*Honna* oedd dy neges di?" meddai Henri Helynt.

"Nage," meddai Sara, a gwgu'n gas. Taflodd hi ddarn o bapur crychlyd at Henri a martsio i ffwrdd.

Agorodd Henri'r nodyn:

Fyddwn i ddim yn dy briodi di, hyd yn oed os mai ti oedd yr unig greadur ar ôl yn y byd – ac mae hynny'n cynnwys llyffantod sleimi a nadroedd rhugle.

Ha!
Bethan

Tagodd Henri ar ei fisgeden. Priodi Bethan?! Byddai'n well ganddo gerdded rownd y dre gyda Doli Hihi-Wiwi-Sbio-Crio-Codi-gwynt yn ei freichiau. Byddai'n well ganddo ddysgu sut i wneud symiau rhannu hir. Byddai'n well ganddo gyfnewid ei gêmau cyfrifiadur am *Cit Coluro'r Dywysoges Dili*. Byddai'n well ganddo…byddai'n well ganddo briodi Miss Hen Sguthan na phriodi Bethan!

Pam ar y ddaear oedd Bethan wedi
cael y syniad gwallgo, erchyll, iychi ei
fod e am ei phriodi *hi*?
Roedd e wedi amau erioed fod Bethan
yn bananas. Dyma'r prawf. Wel wel
wel, meddyliodd Henri'n llon. Roedd
e'n mynd i gael hwyl am ei phen.
Châi hi byth anghofio hyn.

Neidiodd Henri dros y wal a
rhuthro i mewn i babell y Clwb
Dirgel.

"Bethan trwyn-trôns, fyddwn i
ddim yn dy briodi di pe –"

"Mae Henri'n caru Bethan! Mae
Henri'n caru Bethan!" canodd Heledd
Hardd.

"Mae Henri'n caru Bethan! Mae
Henri'n caru Bethan!" canodd Donna
Ddiog, gan wneud sŵn cusanu erchyll.

Triodd Henri ddweud gair.
Agorodd ei geg, yna'i gau.

"Na, dw i ddim," gwichiodd Henri Helynt.

"Wyt," meddai Heledd.

"Nadw!" meddai Henri.

"Pam wnest ti anfon nodyn yn dweud hynny 'te?"

"Wnes i ddim!" sgrechiodd Henri.

"Ac fe anfonest ti bennill at Sara," meddai Donna.

"WNES I DDIM!" sgrechiodd Henri'n uwch fyth. Beth ar y ddaear oedd yn digwydd? Cymerodd gam yn ôl.

Dilynodd aelodau'r Clwb Dirgel e, gan sgrechian, "Mae Henri'n caru Bethan. Mae Henri'n caru Bethan."

Y cynllun gorau, meddyliodd Henri Helynt, fydd dianc ar ras. Rhedodd yn ôl i'w gaer, a'r geiriau ofnadwy 'Mae Henri'n caru Bethan' yn llosgi'i glustiau.

"ALUN!", rhuodd Henri Helynt. "Dere 'ma ar unwaith!"

Cripiodd Alun Angel allan o'r tŷ a mynd i mewn i'r gaer. Roedd Henri wedi clywed am y nodyn a'r pennill. Roedd ei ddiwedd yn dod.

Ffarwél, fyd creulon, meddyliodd Alun.

"Welest ti rywun yn mynd i mewn i'r Clwb Dirgel a nodyn yn ei law?" chwyrnodd Henri, gan syllu arno'n gas.

Dechreuodd calon Alun guro unwaith eto.

"Naddo," meddai Alun. Doedd hynny ddim yn gelwydd achos doedd e ddim wedi gweld ei hunan.

"Dw i am i ti sefyll wrth y wal a dweud wrtha i os gweli di rywbeth amheus," meddai Henri.

"Pam?" gofynnodd Alun yn ddiniwed.

"Meindia dy fusnes, Mwydyn," arthiodd Henri. "Gwna be dw i'n dweud wrthot ti."

"O'r gorau, Eich Ardderchocaf Fawrhydi, Brenin y Llaw Biws," meddai Alun Angel. Waw, am lwc!

Eisteddodd Henri ar orsedd y Llaw Biws a meddwl. Pwy oedd y creadur cythreulig? Pwy oedd y cadno clyfar? Pwy oedd wedi dechrau'r stori erchyll? Rhaid iddo ddarganfod ei enw, a tharo'n ôl cyn i'r gelyn ymosod eto.

Ond pwy fyddai eisiau bod yn elyn i

Henri? Roedd e'n fachgen mor annwyl, a charedig a serchog.

Doedd Huw Haerllug ddim yn hapus, mae'n wir, pan alwodd Henri e'n Huwi Pw-i.

Doedd Dani Dewr ddim yn hapus pan dynnodd Henri ei drowsus i lawr amser chwarae.

Ac am ryw reswm doedd Dylan Deallus ddim wedi chwerthin pan sgriblodd Henri dros ei adroddiad llyfr.

Roedd Falmai Falch wedi addo talu'n ôl i Henri pan dynnodd e'i phlethau.

A'r diwrnod o'r blaen roedd Tania Tymer wedi addo dial ar Henri am wneud hwyl am ei phen yn ystod y gwasanaeth.

Roedd hyd yn oed Casim Caredig wedi bygwth dysgu gwers i Henri, os na fyddai Henri'n stopio bod yn gas.

Ond efallai mai Bethan oedd wedi cynllwynio'r cyfan. Wedi'r cyfan roedd e wedi gadael bom drewllyd yn ei Chlwb Dirgel.

Hmmmn. Roedd rhestr hir o bobl dan amheuaeth.

Rhaid mai Huw oedd e. Roedd Huw'n dwlu ar chwarae triciau doniol.

Wel, dw i ddim yn chwerthin, Huw, meddyliodd Henri Helynt. Gawn ni weld a fyddi di'n chwerthin. Beth am bennill bach i Miss Hen Sguthan…?

Cydiodd Henri mewn darn o bapur
a dechrau sgriblan,

O fy Sguthan i,
Pan wela i ti,
Dw i'n gweiddi dros y lle,
Hwrê Hwrê.
Fy athrawes fach
Â thrwyn fel gwrach
Dw i am gusanu dy draed,
Er bod pawb yn dweud "Paid!
Maen nhw'n gwynto fel llaid."
Dim ots gen i!
Fy Hen Sguthan i,
Golcha dy glustiau du,
A gwranda arna i nawr....
Mae dy drowser di'n cwympo lawr!

Ha ha ha ha ha,
meddyliodd
Henri. Roedd e'n
mynd i sgrifennu
enw Huw o dan y
pennill, cyrraedd
yr ysgol yn gynnar a phinio'r pennill ar
ddrws Toiledau'r Merched. Byddai
Huw dros ei ben mewn helynt.

Ond arhoswch funud.

Beth os mai rhywun *arall* oedd yn
gyfrifol?

Dani Dewr, falle? Neu Bethan?

Doedd ond un peth i'w wneud.
Sgrifennodd Henri saith copi o'r
pennill a rhoi enw gwahanol ar bob
un. Byddai'n hongian y saith copi yn
yr ysgol fory. Rhaid bod un ohonyn
nhw'n euog.

Cripiodd Henri i mewn i'r ysgol, ac yn

gyflym iawn fe biniodd ei benillion ar bob hysbysfwrdd. Wedi gwneud hynny, fe gerddodd yn dalog i mewn i'r buarth. Mae dial yn braf, meddyliodd Henri Helynt.

Roedd twr o blant o flaen toiledau'r bechgyn.

"Be sy'n bod?" sgrechiodd Henri Helynt, gan wthio a gwasgu'i ffordd drwy'r dorf.

"Mae Henri'n caru Bethan," canodd Dani Dewr.

"Mae Henri'n caru Bethan," canodd Huw Haerllug.

O-o.

Edrychodd Henri ar ddrws y toiled. Roedd nodyn wedi'i sticio ar y drws.

**Annwyl Bethan,**
**Dw i'n dy garu di. Wnei di fy mhriodi i?**
HENri

Rhewodd gwaed Henri. Rhwygodd y nodyn o'r drws.

"Bethan ei hunan sgrifennodd e," chwyrnodd Henri Helynt.

"Wnes i ddim!" meddai Bethan.

"Do!" meddai Henri.

"Ta beth, rwyt ti'n fy ngharu *i*!" sgrechiodd Sara.

"Dw i ddim!" sgrechiodd Henri.

"Achos rwyt ti'n fy ngharu i!"
meddai Bethan.

"Dw i'n dy gasáu di!" gwaeddodd
Henri.

"Dw i'n dy gasáu di'n fwy," meddai
Bethan.

"Dw i'n dy gasau *di*'n fwy," meddai
Henri.

"Ti ddechreuodd sôn am garu,"
meddai Bethan.

"Wnes i ddim."

"Do! Gofynnest ti i fi dy briodi di."

"DIM BYTH!" sgrechiodd Henri.

"Ac fe anfonest ti bennill ata i!"
meddai Sara.

"Wnes i ddim!" bloeddiodd Henri.

"Wel, os na wnest ti, pwy wnaeth?" meddai Bethan.

Tawelwch.

"Henri," meddai llais bach, "allwn ni chwarae môr-ladron ar ôl ysgol heddi?"

Aeth syniad anhygoel drwy feddwl Henri Helynt.

Aeth syniad anhygoel drwy feddwl Bethan Bigog.

Aeth syniad anhygoel drwy feddwl Sara Sur.

Trodd tri phâr o lygaid i syllu ar Alun Angel.

"B…beth?" meddai Alun.

O-o.

"HELP!" sgrechiodd Alun Angel. Trodd a rhedeg i ffwrdd.

"AAAAAAAAAAAAAAAAAAAAAA!" sgrechiodd Henri Helynt, gan redeg ar ei ôl. "Mae ar ben arnat ti, fwydyn!"

Martsiodd Miss Hen Sguthan allan i'r buarth. Roedd ganddi fwndel o bapurau yn ei llaw.

"Bethan! Dylan! Huw! Dani! Falmai! Casim! Tania! Beth yw'r penillion 'ma? Ewch yn syth at y brifathrawes – nawr!"

Trawodd Alun Angel yn ei herbyn.

Clatsh! Cwympodd Miss Hen Sguthan ar ei chefn i'r bin.

"A ti hefyd, Alun," gwichiodd Miss Hen Sguthan.

"Waaaaaa!" llefodd Alun Angel. O hyn ymlaen, byddai wastad yn fachgen da. Pwy ddywedodd fod dial yn braf? Rhywun heb frawd cas fel Henri Helynt.

# 4

## HENRI HELYNT YN CAEL PRYD O FWYD YN LE SNOB

"Newyddion ardderchog, bawb,"
meddai Mam, yn wên o glust i glust.
"Mae Anti Gwen yn mynd â ni am
ginio i Le Snob, bwyty Ffrengig
gorau'r dre."

"O waw, Bwyty Le Snob," meddai
Alun Angel. "Dydyn ni erioed wedi
bod fan'ny."

Stopiodd Henri Helynt sgriblan
dros albwm stampiau Alun Angel.
Suddodd ei galon. Bwyty? Ffrengig?

O na. Roedd hynny'n golygu bwyd
rhyfedd, erchyll, iychi. Roedd hynny'n
golygu dim byrgyrs, dim sôs coch, dim
pitsa. Roedd hynny'n golygu –

"NAAAAAAAAA! Dw i ddim eisiau
mynd fan'ny!" sgrechiodd Henri. Pa fath
o wenwyn erchyll fyddai'n glanio ar ei
blât, mewn llwyth o sôs sleimi'n llawn o
ddarnau gwyrdd? Ychhhhhh.

"Pen-blwydd Mam yw hi," meddai
Dad. "Rydyn ni'n mynd i ddathlu."

"Ond yr unig le dw i'n hoffi yw
Sosej-Salŵn," meddai Henri. "Neu
Caffe Twm Tew. Dw i ddim eisiau
mynd i Le Snob."

"Ond Henri," meddai Alun Angel,
gan dacluso'i deganau, "mae'n gyfle i
flasu bwydydd newydd."

Gwenodd Mam. "Rwyt ti'n iawn,
Alun. Mae'n braf blasu pethau
newydd."

"Dyw hi ddim," chwyrnodd Henri Helynt. "Dw i'n casáu blasu bwydydd newydd. Does dim byd o'i le ar yr hen fwyd."

"Dw i wrth fy modd," meddai Dad. "Dw i'n bwyta popeth ond tomatos."

"A dw i'n bwyta popeth heblaw sgwid," meddai Mam.

"A dw i'n hoffi pob llysieuyn heblaw bitrwt," meddai Alun Angel. "Dw i'n hoffi sbigoglys a sbrowts yn arbennig."

"Wel, dw i ddim," sgrechiodd Henri Helynt. "Ydyn nhw'n cynnig pasta?"

"Beth bynnag maen nhw'n gynnig, fe fydd y cyfan yn flasus dros ben," meddai Mam yn bendant.

"Ydyn nhw'n cynnig byrgyrs? Os nad ydyn nhw, dw i ddim yn dod," llefodd Henri Helynt.

Edrychodd Mam ar Dad.

Edrychodd Dad ar Mam.

Y tro diwetha iddyn nhw fynd â
Henri i fwyty crand, roedd Henri
wedi cael stranc o dan y ford. Y tro
cyn hynny roedd e wedi rhedeg rownd
y stafell gan sgrechian, dwyn pob pot
pupur a halen ac yna chwydu dros y
bobl ar y ford nesa'. Y tro cyn hynny -
roedd yn well gan Mam a Dad
anghofio hwnnw.

"Beth am gael rhywun i'w
warchod?" mwmiodd Dad.

"A'i adael ar ôl ar ddydd fy mhen-blwydd?" mwmiodd Mam. Fe gafodd ei themtio am funud. Yna fe ochneidiodd.

"Henri, rwyt ti'n dod gyda ni ac rwyt ti'n mynd i fod yn fachgen da," meddai Mam. "Bydd Prys dy gefnder yn dod hefyd. Dwyt ti ddim eisiau i Prys dy weld ti'n strancio, wyt ti?"

Teimlodd Henri'r blew ar ei war yn codi. Prys! Prys Pwysig! Gelyn pennaf Henri a'r cefnder gwaetha' yn y byd. Os oedd 'na fachgen mwy sleimi na Prys yn sleifio o gwmpas, byddai Henri'n fodlon bwyta mwydod.

Y tro diwetha' iddyn nhw gwrdd roedd Henri wedi twyllo Prys i gredu bod bwystfil o dan y gwely.

Roedd Prys wedi addo dial. Fe wnâi Prys unrhyw beth i dalu'n ôl i Henri.

Waw, roedd Henri Helynt yn casáu Prys Pwysig.

Waw, roedd Prys Pwysig yn casáu Henri Helynt.

"Dw i ddim yn dod a dyna'i diwedd hi!" sgrechiodd Henri Helynt.

"Henri," meddai Dad. "Fe wna i daro bargen â ti."

"Pa fargen?" meddai Henri. Pan oedd rhieni'n cynnig bargen, roedd gofyn bod yn wyliadwrus iawn.

"Dw i eisiau i ti fod yn serchog a siarad â phawb. A dw i am i ti fwyta popeth sy ar dy blât fel pawb arall, heb strancio. Wedyn fe gei di £2 gen i."

£2! Dwy bunt gron! Waw, meddyliodd Henri Helynt. Dwy bunt gron dim ond am siarad a gwthio ambell lwyaid o fwyd iychi i'w geg.

Roedd e fel arfer yn gorfod gwneud hynny am ddim.

"Beth am £3?" meddai Henri.

"Henri..." meddai Mam.

"Ocê, iawn. Dw i'n cytuno," meddai Henri Helynt. Ond dw i ddim yn mynd i fwyta cegaid, ac allwch chi ddim gwneud i fi, meddyliodd. Fe ffeindia i ffordd. Roedd Dad wedi dweud bod rhaid iddo fwyta popeth oedd ar ei blât. Wel, fyddai'r bwyd i gyd ddim yn *aros* ar ei blât....Gwenodd Henri Helynt.

Stopiodd Alun Angel dacluso'i friciau. Crychodd ei dalcen. Dylai e gael dwy bunt 'run fath â Henri.

"Beth yw fy ngwobr *i* am fod yn dda?" meddai Alun Angel.

"Mae bod yn dda yn wobr ynddo'i hun," meddai Dad.

*

Roedd y bwyty'n dawel. Roedd y llieiniau ar y ford yn wyn fel eira, a'r cadeiriau wedi'u gorchuddio â sidan melyn. Roedd siandelïers aur enfawr yn hongian o'r nenfwd. Roedd gwydrau crisial yn wincian. Roedd y platiau petryal gwyn yn pefrio. Roedd Henri Helynt yn rhyfeddu.

"Waw," meddai Henri. Roedd hi'n union fel cerdded i mewn i balas.

"Dwyt ti ddim wedi bod yma o'r blaen?" snwffiodd Prys Pwysig.

"Nadw," meddai Henri.

"Rydyn *ni*'n bwyta fan hyn drwy'r amser," meddai Prys. "Chi sy'n rhy dlawd, siŵr o fod."

"Na, mae'n well gennyn ni fwyta yn y Sosej-Salŵn," meddai Henri'n gelwyddog.

"Sh, Prys," meddai Anti Gwen Gyfoethog. "Dw i'n siŵr bod y Sosej-Salŵn yn lle hyfryd."

Snwffiodd Prys.

Ciciodd Henri e o dan y ford.

"AWWWWW!" llefodd Prys. "Ciciodd Henri fi!"

"Wnes i ddim," meddai Henri. "Damwain oedd hi."

"Henri," meddai Mam gan wasgu'i

dannedd yn dynn. "Fe ddwedon ni
wrthot ti am fod yn fachgen da, yn do?
Rydyn ni mewn bwyty crand."

Gwgodd Henri Helynt. Edrychodd
o'i gwmpas yn ofalus. Fel roedd e'n
ofni, roedd pawb yn brysur yn bwyta
tameidiau o bethau od, yn nofio mewn
sôs sleimi. Edrychodd Henri o dan y
ford i weld a oedd rhywun wedi
dechrau chwydu eto.

Doedd neb yn marw o wenwyn o

dan y ford. Ond fe fyddan nhw cyn hir, meddyliodd Henri'n ddwys. Dw i ddim yn mynd i fwyta dim byd yn y lle 'ma.

Roedd Mam, Dad, Alun ac Anti Gwen Gyfoethog yn clebran ym mhen draw'r ford. Roedd Henri Helynt yn eistedd yn bwdlyd yn ymyl Prys Pwysig.

"Mae gen i feic newydd," broliodd Prys. "Wyt ti'n dal i reidio'r hen beth rhydlyd 'na gest ti Nadolig?"

"Sh, Prys," meddai Anti Gwen Gyfoethog.

Roedd troed Henri Helynt yn barod i gicio Prys.

"Slywenna Sguthan! Sawl gwaith ydw i wedi dweud wrthot ti – paid â chnoi gyda dy geg ar agor," rhuodd llais ofnadwy.

Cododd Henri ei ben. Agorodd ei geg led y pen.

Roedd ei athrawes ddychrynllyd, Miss Hen Sguthan, yn eistedd wrth ford fach yn y gornel a'i chefn tuag ato! Gyda hi roedd rhywun oedd hyd yn oed yn dalach, yn deneuach a mwy ffyrnig na hi ei hun.

"A phaid â phwyso ar y ford!"

"O'r gorau, Mam," meddai Miss Hen Sguthan yn swci.

Allai Henri ddim credu'i glustiau. Oedd mamau gan athrawon? Oedd athrawon weithiau'n dianc o'r ysgol? Amhosib.

"Slywenna! Eistedda yn syth!"

"O'r gorau, Mam," meddai Miss Hen Sguthan, gan sythu ychydig bach, bach.

"Nawr 'te, beth mae pawb eisiau i'w fwyta?" meddai Anti Gwen yn wên i gyd. Llusgodd Henri Helynt ei lygaid oddi ar Miss Hen Sguthan a syllu ar y fwydlen. Roedd pob gair yn Ffrangeg.

"Dw i'n argymell y cregyn gleision," meddai Anti Gwen.

"Cregyn gleision! Iych!" sgrechiodd Henri.

"Neu'r bla bla bla bla bla," meddai Anti Gwen, gan ynganu rhyw eiriau Ffrangeg rhyfedd.

"Falle," meddai Mam. Roedd hi'n edrych braidd yn amheus.

"Falle," meddai Dad. Roedd e'n edrych braidd yn amheus.

"Archebwch chi drosta i, Anti Gwen," meddai Alun Angel. "Dw i'n bwyta popeth."

Doedd gan Henri Helynt ddim syniad pa fwyd oedd Anti Gwen wedi'i awgrymu, ond roedd e'n gwybod ei fod e'n casáu popeth ar y fwydlen.

"Dw i eisiau byrgyr," meddai Henri.

"Does dim byrgyrs fan hyn," meddai Mam yn bendant. "Bwyty Le Snob yw hwn."

"Dwedes i 'mod i eisiau byrgyr!" gwaeddodd Henri. Cododd sawl un o'r ciniawyr eu pennau.

"Paid â bod yn gas, Henri!" hisiodd Mam.

"ALLA I DDIM DEALL Y FWYDLEN!" sgrechiodd Henri.

"Bydd dawel nawr Henri," hisiodd Dad. "Neu gei di ddim £2."

Cyfieithodd Mam: "Rhywbeth blasus ar...y....wely o rywbeth wedi'i rostio gyda rhyw fath o sôs."

"Mae'n swnio'n hyfryd," meddai Dad.

"Aros, mae 'na fwy," meddai Mam. "Darn mawr o rywbeth wedi'i lapio mewn rhywbeth, a'i goginio mewn rhywbeth a moron."

"Iawn, fe ga i hwnna," meddai Dad. "Dw i'n dwlu ar foron."

Daliodd Mam ati i gyfieithu. Agorodd Henri ei geg i sgrechian –

"Pam na wnei di archebu *tripe*?" meddai Prys.

"Beth yw hwnnw?" gofynnodd Henri'n amheus.

"Dwyt ti ddim eisiau gwybod," meddai Prys.

"Dwed wrtha i ta beth," meddai Henri.

"Perfedd," meddai Prys. "Y darnau hir fel mwydod sy'n mynd rownd a rownd dy fol."

Snwffiodd Henri Helynt. Weithiau roedd e'n teimlo trueni dros Prys. Oedd Prys yn meddwl o ddifri y byddai Henri'n llyncu'r fath *hen* dric? Gair Ffrangeg am sbageti oedd *tripe*, siwr o fod. Neu falle treiffl.

"Neu fe allet ti archebu *escargots*," meddai Prys. "Dw i'n dy herio di i fwyta *escargots*."

"Beth yw *escargots*?" meddai Henri.

Cododd Prys Pwysig ei drwyn i'r awyr.

"O, sori. Anghofies i. Dwyt ti ddim yn dysgu Ffrangeg yn dy ysgol di. *Dw i* wedi bod yn dysgu ers blynyddoedd."

"Hip hip hwrê," meddai Henri Helynt yn sur.

"Malwod yw *escargots*, y mwlsyn," meddai Prys Pwysig.

Rhaid bod Prys yn meddwl 'mod i'n dwp fel llo, meddyliodd Henri Helynt yn grac. *Malwod.* Ha ha ha. Mewn bwyty? Byth!

"Ife wir, y celwyddgi mawr tew?" meddai Henri.

Cododd Prys ei ysgwyddau.

"Rwyt ti'n ormod o fabi," snwffiodd Prys. "Bw-hw-hw."

Roedd Henri Helynt o'i go. Doedd neb yn ei alw'n fabi a byw.

"Dw i ddim," meddai Henri Helynt. "Dw i eisiau blasu malwod." Wrth gwrs nid malwod fydden nhw, ond pysgod neu rywbeth mewn sôs drewllyd ac iychi, ond dim ots. Fyddai *escargots* ddim tamaid gwaeth na'r pethau ffiaidd eraill ar y fwydlen. Byddai raid i Prys drio'n galetach, os oedd e am dwyllo Henri. Roedd e'n mynd i archebu'r esgus-malwod, er · mwyn dangos mai celwyddgi mawr tew oedd Prys. Wedyn fe allai wneud hwyl am ben yr hen Brys dwl!

"A beth 'offech chi 'eno?"

gofynnodd y gweinydd Ffrengig.

Archebodd Anti Gwen.

"Dewis da iawn, madame," meddai'r gweinydd.

Archebodd Dad. Cusanodd y gweinydd ei fysedd.

"*Magnifique*, monsieur, ein pryd arbennig."

Archebodd Mam.

"Bravo, madame. A beth amdanat ti, ddyn ifanc?" gofynnodd y gweinydd i Henri.

"Dw i'n cael *escargots*," meddai Henri.

"Hmmmn," meddai'r gweinydd. "Ydy monsieur yn arbenigwr ar fwyd Ffrengig?"

Edrychodd Henri Helynt arno'n amheus a braidd yn bryderus. Chwarddodd Prys Pwysig. Be' sy'n bod? meddyliodd Henri Helynt.

"Slywenna! Bwyta dy lysiau!"

"O'r gorau, Mam."

"Slywenna! Paid â llowcio."

"O'r gorau, Mam," meddai Miss Hen Sguthan yn gwta.

"Slywenna! Paid â phigo dy drwyn!"

"Doeddwn i ddim!" meddai Miss Hen Sguthan.

"Paid ti â dadlau â fi," meddai Mrs Sguthan.

Daeth y gweinydd yn ei ôl. Roedd e'n cario chwe phlât a chlawr arian dros bob un.

"Voilà!" meddai, a chodi'r cloriau'n ddramatig. "Bon appétit!"

Syllodd pawb ar eu platiau crand.

"O," meddai Mam, gan edrych ar ei sgwid.

"O," meddai Dad, gan syllu ar y tomatos yn llawn stwffin.

"O," meddai Alun, gan syllu ar y *mousse* bitrwt.

Syllodd Henri Helynt ar y pethau ar ei blât. Roedden nhw'n edrych fel - allen nhw ddim bod - o, help, dyna beth oedden nhw...MALWOD! Malwod oedden nhw! Malwod meddal milain sleimi salw slwtshlyd slebogaidd. Roedden nhw'n dal yn eu cregyn. Er eu bod nhw'n boddi mewn menyn, malwod oedden nhw'n bendant. Roedd Prys wedi'i dwyllo.

Estynnodd Henri Helynt ei law yn barod i hyrddio'r malwod at Prys.

Giglodd Prys Pwysig.

Stopiodd Henri Helynt a gwasgu'i ddannedd yn dynn. Doedd e ddim am i Prys gael y pleser o'i weld mewn helynt dros ei ben. Roedd e wedi archebu malwod, felly roedd e'n mynd i fwyta malwod. A phan fyddai'n chwydu, byddai'n gofalu chwydu dros Prys.

Cydiodd Henri
Helynt yn ei fforc
a thrywanu
malwen. Yna fe
gaeodd ei lygaid a
rhoi'r falwen yn ei geg.

Cnôdd Henri
Helynt.

Cnôdd eto.

"Hmmm,"
meddai Henri
Helynt.

Rhoddodd falwen arall
yn ei geg. Ac un arall
eto.

"Iymi," meddai
Henri. "Maen nhw'n
wych." Pam na
ddywedodd neb wrtho
fod y bwyd yn Le Snob mor hyfryd o
ffiaidd? Byddai Huw Haerllug wrth ei
fodd yn clywed am hyn.

Doedd Prys Pwysig ddim yn edrych yn hapus iawn.

"Sut mae dy sôs mwydod di, Prys?" gofynnodd Henri'n llon.

"Nid sôs mwydod yw e," meddai Prys.

"Mwydod, mwydod, mwydod," sibrydodd Henri. "Gwylia nhw'n wiglan."

Gollyngodd Prys ei fforc. A Mam, Dad ac Alun hefyd.

"Dewch mla'n. Bwytwch, bawb," meddai Henri, gan gnoi.

"Does dim llawer o eisiau bwyd arna i," meddai Mam.

"Dwedest ti fod rhaid i ni fwyta popeth sy ar ein platiau," meddai Henri.

"Wnes i ddim," meddai Dad mewn llais bach.

"Do, fe wnest ti," meddai Henri.

"Felly bwyta!"

"Dw i ddim yn hoffi bitrwt," cwynodd Alun Angel.

"Sh, Alun," meddai Mam yn swta.

"Alun, wyddwn i ddim dy fod *ti*'n fwytäwr mor ffyslyd," meddai Anti Gwen.

"Dw i ddim!" llefodd Alun Angel.

"Slywenna!" rhuodd Mrs Sguthan yn ei llais main. "Gwranda arna i pan fydda i'n siarad â ti!"

"O'r gorau, Mam," meddai Miss Hen Sguthan.

"Pam nad wyt ti'n dda fel y bachgen

'na?" meddai Mrs Sguthan, gan bwyntio at Henri Helynt.

"Edrycha arno'n eistedd fanna'n bwyta mor deidi."

Trodd Miss Hen Sguthan a gweld Henri. Aeth ei hwyneb yn fflamgoch, yna'n biws, yna'n wyn. Gwenodd wên afiach.

Chwifiodd Henri Helynt ei law yn gwrtais. Waw.

Am y tro cyntaf yn ei fywyd roedd e'n edrych ymlaen at fynd i'r ysgol.